Croque CANARDS™

Conforme à la loi n° 49956 du 16 juillet 1949
sur les publications destinées à la jeunesse
ISBN 2.09.250168-2
Publié pour la première fois par Walker Books Ltd, Londres

Canard déplumé
canard déprimé

Scénario de Danielle Mentzer adapté par Charlie Gardner
Adaptation française Françoise de Guibert

NATHAN

– AAAAAAAAAAAAAAAAAAAAAAH !

Un cri à glacer le sang vient de retentir chez Bill. Que se passe-t-il ?

La matinée a pourtant commencé tranquillement. Bill a bien trouvé quelques plumes sur son oreiller ; il n'y a pas vraiment fait attention. Mais en sortant de la douche, il est épouvanté par son reflet : dans son plumage blanc, de larges taches roses ont fait leur apparition.

– AAAAAAAAAAAAAAAAAAAH !

Il court en tous sens, laissant dans son sillage une traînée de plumes.

– À l'aide, je me désintègre !

Aldo le regarde avec étonnement. « Il doit faire de la gymnastique », pense l'alligator.

OLE
ou MEURT

Mais, en voyant son ami de plus près, les yeux lui sortent de la tête.

– Ne t'approche pas de moi ! s'écrie Bill. Je suis peut-être contagieux.

Au même instant, Ed, Oly et Waddle entrent dans le salon.

– Oh ! Bill, tu fais vraiment triste plume, aujourd'hui !

– Les amis, dites-moi que ce n'est pas une affreuse maladie, supplie Bill. Je suis trop jeune pour mourir !

– Mais non, tu n'es pas sur le point de mourir, tu perds juste tes vieilles plumes ! dit Ed en rigolant. Elles vont repousser... un peu plus tard.

Aldo, qui n'a rien compris, s'énerve :

– Bon, assez rigolé, qui s'amuse à plumer mon petit canard ?

– Personne, dit Bill en frissonnant, Aldo, je suis... je suis en train de... de... muer !

Aldo est perplexe.

–Muer ? Et il y a quelque chose à faire contre ça ?

Ed suggère :

–Louer un maximum de vidéos et attendre que les nouvelles plumes aient poussé…

–Je ne peux pas attendre, sanglote Bill. C'est le pire jour de ma vie !

Ed griffonne rapidement quelque chose sur un morceau de papier et tend celui-ci à Bill.

–Suis attentivement ce plan. Frappe à la porte de derrière cinq fois et dis : « L'oiseau tout nu est venu. » Il y a là quelqu'un qui peut t'arranger ça…

–Vous avez déjà essayé, les gars ? demande Bill, inquiet.

–Juste une fois, répond Oly avec embarras. C'était une bien mauvaise année…

–Et ce n'est pas dangereux ? insiste Bill.

–Hum… la plupart du temps, non, répond Ed. Assure-toi juste de ne pas être suivi…

–Ça va aller, mon canard, dit Aldo. Je viens avec toi !

VOLE
OU MEURT

Bill et Aldo forment un improbable tandem alors qu'ils roulent dans les rues animées de Canardville. Bill conduit le scooter à toute vitesse. Il ralentit juste de temps en temps pour s'assurer que personne ne suit le flot de plumes qu'ils laissent derrière eux.

– Je crois bien que nous sommes perdus ! dit le canard au bout d'un moment.

– Essaye le prochain virage.

Ils dépassent à toute allure l'immeuble de Bill et s'arrêtent un peu plus loin.

– On est vraiment perdus ! C'est la deuxième fois qu'on passe devant mon immeuble !

– Mais je n'ai pas cessé de suivre le plan… dit Aldo.

– Suivre le plan… à l'envers, oui ! Donne-le-moi !

Le canard redémarre en trombe, prend un virage serré à gauche, suivi d'un virage serré à droite, avant de s'arrêter net devant la devanture du café du Coin-Coin.

– Voilà, c'est ici ! dit Bill en garant le scooter.

Dès leur arrivée, la nudité du canard attire des ricanements moqueurs. Aldo entraîne Bill dans une ruelle, et les deux amis se retrouvent devant une lourde porte en métal. Pas très rassuré, le canard frappe cinq coups.

– Quoi être mot de passe ? demande une étrange voix féminine derrière la porte.

– L'oiseau tout nu est venu, répond Bill à la hâte.

– L’oiseau quoi ?

– L’oiseau tout nu !

– Ze ne comprends bas ze que vous dites…

– L’oiseau tout nu, absolument, totalement déplumé est là !

La porte s’ouvre dans un bruit métallique.

Aldo et Bill ont peur d'entrer : la pièce est sombre et lugubre. Au centre, une ampoule se balance au-dessus d'une grande table ronde.

– Azzeyez-bous ! dit la drôle de voix dans l'obscurité.

Les deux amis hésitent un instant puis vont s'asseoir à la table.

Une étrange silhouette, bien que familière, s'avance dans la lumière.

– Ze suis madame Bevousky, dit la gitane.

– Mais non, je vous reconnais, vous êtes Bev ! s'écrie Bill.

Et, en effet, elle ressemble beaucoup à la propriétaire du café du Coin-Coin.

– Rien être tel qu'il paraît ! affirme madame Bevousky.

Elle ajoute dans un murmure :

– Vous devez me croire, la guérison en dépend !

Bev saisit alors une fiole. À l'intérieur, un mystérieux liquide rougeoie dans la pénombre. Bill et Aldo retiennent leur souffle.

– Bill, es-tu prêt pour la transformation ?

– Euh… je crois bien.

Bev débouche la fiole et la brandit au-dessus du crâne luisant du canard.

– Avec une seule petite goutte versée, fais que mon ami Bill ne soit plus déplumé !

Bill ferme les yeux. Il y a un moment de silence et, POP POP POP ! ses dernières plumes tombent sur le sol.

– Ça alors, s'étonne Bev. Ça n'était jamais arrivé auparavant ! Tu as dû faire une réaction allergique…

– Au secours ! hurle Bill. Je suis un canard nu !

– Nous devons essayer quelque chose de plus radical.

Dans un geste théâtral, Bev tire un grand rideau :

– Je vous présente ma maudite machine à modeler des canards sauvages !

Devant eux, un impressionnant séchoir à cheveux professionnel est fixé sur une chaise en cuir. Des fils métalliques sortent de cette chose comme des spaghettis.

– N'y a-t-il pas d'autre méthode ? demande Bill, la gorge serrée.

– Non.

Bill grimpe courageusement sur la chaise et empoigne les accoudoirs.

– Bon, allons-y…

Bev appuie sur l'interrupteur, aussitôt la machine se met en marche. Des étincelles jaillissent, le séchoir vrombit et vibre comme une essoreuse emballée. Quand le casque commence à faire de la fumée, madame Bev arrête l'appareil. Bill n'en revient pas : il est couvert d'un merveilleux plumage blanc.

– Je suis redevenu normal ! Je suis redevenu normal ! s'écrie-t-il en sautant de joie.

– Oui, presque… dit Bev.

– Ton arrière-train reste une zone sans plumes, mon canard ! dit Aldo en ricanant.

Bill grince du bec :

– J'y retourne !

– Oh non ! s'écrie Bev. De drôles de choses peuvent arriver la deuxième fois…

Trop tard, le canard est déjà installé la tête en bas, la queue sous le casque. Et la machine redémarre.

– Alors, ça a marché ? demande Bill plein d'espoir, quelques secondes plus tard.

– On peut dire ça… reconnaît Aldo.

Vite, Bill se regarde dans le miroir.

– MAIS JE SUIS VERT !

– Ça aurait pu être pire, dit Bev. Oly, lui, est devenu violet. Mais ça disparaît au bout d'une semaine !

Le soir, Bill et Aldo prennent le frais sur le balcon.

– Tu sais, mon canard, dit Aldo, j'aime beaucoup ton plumage fluorescent.

Bill n'a pas l'air convaincu.

– Non, sérieusement, insiste Aldo, ces plumes fluo pourraient bien lancer une nouvelle mode !

– La prochaine fois, je crois que je me contenterai de regarder des films, songe Bill. Après tout, je suis un canard, il est naturel que je perde mes plumes de temps en temps.

Il regarde les étoiles et ajoute :

– Mais, tu sais, ce n'est pas si mal d'être vert…

– Je n'ai jamais pensé le contraire, dit Aldo en souriant.

Et les deux amis jouent sur leurs bongos une bossa-nova endiablée qui se perd dans la nuit.

n° projet 10096819 (I) 10 CSBTS 170°
Septembre 2002 - Officine Grafiche De Agostini - Italie